AF360028

LA
VISION

par

MADEMOISELLE DELPHINE GAY.

PARIS

URBAIN CANEL, ÉDITEUR.

30 MAI 1825.

Imprimerie de J. Tastu.

LA VISION.

A PARIS

CHEZ URBAIN CANEL, LIBRAIRE-ÉDITEUR,
PLACE SAINT-ANDRÉ-DES-ARTS, N 30.

IMPRIMERIE DE J. TASTU.

La
VISION
par
Mlle DELPHINE GAY.
Trente Mai
1825

PROCÈS

DE JEANNE D'ARC.

EXTRAIT.

On lui demanda pourquoi, pendant la cérémonie du
Sacre, elle se tint près de l'autel, portant
son étendard; Jeanne d'Arc répondit :
Il avait été à la peine, c'était
bien raison qu'il fût
à l'honneur.

LA VISION.

Sous les verts peupliers qui bordent nos prairies.

Hier j'avais porté mes vagues rêveries ;

J'écoutais l'onde fuir à travers les roseaux ;

Et debout, effeuillant l'églantier du rivage,

J'attachais mes regards sur le cristal des eaux

Qui du ciel étoilé réfléchissait l'image.

              # La Vision.

La nuit sur le vallon répandait sa fraîcheur ;
Et les vapeurs du lac dont j'étais entourée,
D'un nuage céleste égalant la blancheur,
Semblaient unir la terre à la voûte azurée.

Mais soudain quel prestige a troublé mes esprits?...
Le lac s'est éclairé d'une flamme inconnue ;
Tremblante, je m'approche, et mes regards surpris
Dans l'eau qui la répète ont vu s'ouvrir la nue!
Sur un nuage d'or une femme apparaît....
Son sein était couvert d'une robe éclatante ;
Du bandeau virginal sa tête se parait,
Et son bras agitait la bannière flottante.
Sur son front, dégagé du panache vainqueur,
Des lauriers lumineux formaient une auréole ;
Alors un saint effroi venant saisir mon cœur,
A genoux j'écoutai sa divine parole.

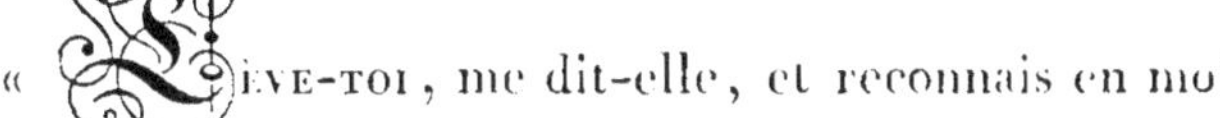

« Lève-toi, me dit-elle, et reconnais en moi

» La Vierge des combats, le Sauveur de son Roi;

» Celle qui déserta sa tranquille chaumière

» Pour suivre de l'honneur le périlleux chemin;

» Celle qui délivra la France prisonnière.

    » Et qui porte encor dans sa main

    » Et sa houlette et sa bannière. »

» Victime d'un arrêt dont le monde a frémi.

» On conjura ma mort dans le camp ennemi ;

» Mais la grâce de Dieu sur moi daigna descendre :

» De mon brûlant tombeau je secouai la cendre :

» Avec l'oiseau divin m'élevant dans les airs *,

» J'allai joindre ma voix aux célestes concerts ;

* Jeanne d'Arc fut brûlée toute vive le 30 mai 1430, dans le vieux marché de Rouen. On dit que son cœur se trouva tout entier dans les cendres, et qu'on vit s'envoler du milieu des flammes une colombe blanche, marque de son innocence et de sa pureté. (*Dict. de Moreri.*)

» Et dès-lors m'adoptant comme une sœur chérie,

» Les anges m'ont nommée Ange de la Patrie.

» J'apparais aux martyrs à l'heure des tourmens,

» Et des rois que Dieu fait je reçois les sermens ;

» Dans un rêve, aux guerriers j'apporte l'espérance ;

» Ma gloire présidait à vos exploits lointains ;

» Et souvent mon regard, fidèle à vos destins,

» Dans ses jours de bonheur, de crainte et de souffrance,

» Se détourna des cieux pour veiller sur la France.

» CETTE nuit, du soleil devançant la clarté,

» Je dirigeai mon vol vers l'antique cité

» Que mon bras préserva de la chaîne étrangère,

» Et j'entrai dans ce temple à jamais glorieux

» Où l'on vit autrefois un roi victorieux

　　» Couronné par une bergère.

» S'ÉTAIT la même fête, et l'écho de ces lieux

» Retentissait encor des mêmes cris joyeux.

» Des femmes et des fleurs ornaient l'auguste enceinte :

» On voyait, sous la croix, l'écharpe d'hyacinthe,

» Le sceptre, la couronne et les éperons d'or ;

» Des présens de Clovis découvrant le trésor.

» Le pontife sacré préparait l'huile sainte.

» Tandis que, s'avançant d'un pas religieux,

» Les lévites, au bruit des chants harmonieux,

» Répandaient de l'encens l'odorante fumée,

» J'allai prendre à l'autel ma place accoutumée.

» Debout sur les degrés, invisible au regard.

» Et toujours des héros la fidèle compagne,

 » Je déployai mon étendard

 » Sur le glaive de Charlemagne.

» Le Roi parut alors, et mon cœur attendri,

» Quand le peuple enivré cria son nom chéri,

» Se rappela le jour où, dans ce temple même,

» Un autre Charle aussi reçut le diadème.

» Celui-ci, plus heureux, voyait auprès de lui

» Ce prince qui du trône est l'espoir et l'appui.

» Dignes représentans de sa toute-puissance,

» J'aperçus ces guerriers fameux par tant d'exploits;

» Et, pleine de respect et de reconnaissance,

» Mon ame, qui d'Agnès avait béni l'absence,

    » N'osa plus regretter Dunois.

» Mais silence! on s'incline et l'Évangile s'ouvre;

» Des vètemens sacrés le pontife se couvre.

» Le monarque, saisi d'un saint recueillement,

» Va sous le dais royal prononcer le serment.

» Ses yeux sont animés d'une céleste flamme,

» L'esprit du Dieu vivant s'empare de son ame.

» Sa pieuse assurance est garant de sa foi :

» Et l'accent inspiré de cette voix sonore

» Semble, aux Français émus, annoncer plus encore

» La promesse de Dieu que le serment d'un roi.

» Devant les envoyés des princes de la terre.

» Sous les yeux des prélats témoins de sa ferveur,

» Sur l'antique débris de la croix du Sauveur,

» Par le livre de Dieu, gardien du saint mystère,

» CHARLES-DIX a juré de maintenir ces lois,

» Héritage sacré du plus sage des rois.

» Protecteur de la France et chrétienne et guerrière,

» A la même justice il soumet tous les rangs,

    » Et laisse aux cultes différens

    » La liberté de la prière.

» **I**L jure encore, au nom de la Divinité,

» D'affranchir ses sujets des partis et des haines,

» Ainsi qu'il a déjà délivré de leurs chaînes

» L'Éloquence et la Vérité.

» **E**N écoutant ce vœu le peuple se rassure :

» Il se fie au serment d'un monarque loyal ;

» Car il sait que jamais la honte du parjure

» N'a fait rougir son front sous le bandeau royal.

» Tout malheur doit finir quand son règne commence ;

» Et ceux qu'afflige encore un destin rigoureux

» Ont le droit d'espérer que son cœur généreux

» En jurant la justice a rêvé la clémence !

» Mais la foule déjà franchissait les parvis ;

» Déchiré par ses mains, le voile crie et tombe.

» Le Monarque apparait à tous les yeux ravis,

» Et sur son front sacré vient planer la colombe.

» Toi dont le cœur s'oublie en rêves de bonheur,

» Sors du vague repos où ta lyre sommeille :

» De célébrer ce jour je te garde l'honneur ;

» Pour chanter ton pays JEANNE D'ARC te réveille !

» J'apparais à tes yeux loin du monde et du bruit,

» Sur les bords ignorés de ton humble réduit,

» Comme un soir, au retour de ma course lointaine,

» La Vierge m'apparut à l'heure du repos,

 » Auprès de la sainte fontaine

 » Où j'avais conduit mes troupeaux.

La Vision.

» Je viens te révéler le sort que Dieu t'apprête :

» Si sa loi te condamne à des jours orageux,

» A la foudre réponds par des chants courageux ;

» Il te voue à la gloire en te créant poëte.

» Des princes que le ciel appelle à gouverner

» Honore les vertus sans flatter leur puissance ;

» Surprends ceux dont la main se cache pour donner,

» Dénonce leurs bienfaits à la reconnaissance ;

» Mais si quelques flatteurs, esclaves du pouvoir,

» Voulaient d'un roi pieux égarer la justice,

» Ose élever contre eux ta voix encor novice,

» Et que la vérité soit ton premier devoir.

» Éclairer son pays, c'est aussi le défendre ;

» Dis au peuple français ce qu'il a droit d'attendre

» Du serment prononcé dans ce jour glorieux ;

» D'un Monarque chéri, dis les dons précieux,

» Ces lois, ferme soutien du sceptre héréditaire ;

» Son serment solennel, va l'apprendre à la terre,

 » Je vais l'inscrire dans les cieux ! »

Elle dit ; et bientôt d'un nuage voilée

Jeanne d'Arc disparut sur la route étoilée.

Je restai seule, en proie à mes nouveaux transports ;

Un céleste pouvoir secondait mes efforts ;

Le Seigneur m'inspirait ; sa divine lumière

Embrasait de ses feux mon ame tout entière.

Et déjà l'avenir était changé pour moi ;

Mes yeux entrevoyaient la gloire sans effroi ;

D'un orgueil inconnu je me sentais saisie ;

Guide-moi, m'écriai-je, ô toi qui m'as choisie !

Protège de mon cœur la pure ambition ;

Je jure d'accomplir ta sainte mission ;

Elle aura tous mes vœux cette France adorée !

A chanter ses destins ma vie est consacrée ;

Dussé-je être pour elle immolée à mon tour,

Fière d'un si beau sort, dussé-je voir un jour

Contre mes vers pieux s'armer la calomnie ;

Dût, comme tes hauts faits, ma gloire être punie,

Je chanterais encor sur mon brûlant tombeau !

Oui, de la vérité rallumant le flambeau,

J'enflammerai les cœurs de mon noble délire;

On verra l'imposteur trembler devant ma lyre;

L'opprimé, qu'oubliait la justice des lois,

Viendra me réclamer pour défendre ses droits;

Le héros, me cherchant au jour de sa victoire,

Si je ne l'ai chanté doutera de sa gloire;

Les autels retiendront mes cantiques sacrés,

Et fiers, après ma mort, de mes chants inspirés,

Les Français, me pleurant comme une sœur chérie,

M'appelleront un jour Muse de la patrie!

9 782329 640792